kunstanst!fter verlag

Kämpfen - aber mit Freuden!
Dreinhauen - aber mit Lachen!

Kurt Tucholsky:
Rheinsberg. Ein Bilderbuch für Verliebte, 1912

Kurt Tucholsky

Mit zahlreichen Illustrationen
von Franziska Walther

DER ZEITSPARER

GROTESKEN VON IGNAZ WROBEL

kunstanst!fter verlag

2013

KURT TUCHOLSKY

IGNAZ WROBEL

PETER PANTER

THEOBALD TIGER

6 **KURT TUCHOLSKY**

Geboren 1890 in Berlin, war Kurt Tucholsky einer der scharfzüngigsten und meistgelesenen deutschen Schriftsteller der Weimarer Republik. Unter seinen Pseudonymen Ignaz Wrobel, Theobald Tiger, Peter Panter und Kaspar Hauser schrieb er Prosa, Lyrik, Chansons und Theaterstücke und arbeitete als Journalist und Kritiker.

In der Essay-Sammlung »Der Zeitsparer«, erstmals veröffentlicht im Jahr 1914, begleiten Theobald Tiger, Peter Panter und Ignaz Wrobel seine Geschichten. Das Alter Ego Kaspar Hauser taucht hier noch nicht auf, es wurde erst nach der Veröffentlichung des »Zeitsparers« und nach Tucholskys Militärdienst im ersten Weltkrieg von 1915 bis 1918 »geboren«.

In den vorliegenden Kurzgeschichten kritisiert Kurt Tucholsky gesellschaftliche Werte und Moral. Er hinterfragt die Ordnung der Dinge und ermutigt den Leser, es ihm gleichzutun. Dabei kreiert er eine Welt, die mit Hilfe einer präzisen, vielschichtigen und bildhaften Sprache Gesetzmäßigkeiten aufbricht, die Welt auf den Kopf stellt und neu erschafft.

KLEINE VORREDE

Mein lieber Ignaz Wrobel, ich widme Dir dieses Büchlein, weil Du es brauchen kannst. Du bist ein ernster Mann, nicht wahr, und stehst unter Deinen Mitmenschen geachtet da, als ... sagen wir ... Pädagoge, Fotograf oder als Redakteur oder Buchhändler ... Du bist ernst. Denn daß das Leben eine ernste Sache sei, haben sie Dir schon auf der Schule bei Gelegenheit des kleinen deutschen i beigebracht. Du hast es geglaubt.

Dem ist aber nicht so.

Glaubs nicht, mein Ignaz, glaubs nicht! Daß jede Wirkung auch eine Ursache haben muß, daß in allem eine Kausalität versteckt liegt, glaubs nicht! – Kausalität, mein Junge, ist, wenn man dran glaubt.

Lerne von den englischen Exzentriks, daß man sich vom Schwergewicht, vom Satz, vom Grunde und wie all die dummen Sachen heißen, sehr wohl befreien kann, wenn man nur den Mut hat. Denn das, was danach kommt, ist das Himmelreich.

Wer sagt, daß Weinen der Ausdruck einer Gemütsempfindung sei? Oder ein physiologischer Vorgang? – Glaubs nicht! Weinen ist eine Tätigkeit, die nicht motiviert werden kann.

Bleib äußerlich der ernste reputierliche Mann mit dem Bart, als den sie Dich kennen und schätzen. Innerlich aber, mein Junge, innerlich: Lache!

– Stets der Deine, Ignaz Wrobel

Am 27. Februar 1926 war es so weit. – Die Herren in weißen Laboratoriumsmänteln erfüllten den großen Raum, bewegten sich unruhig, lachten, gestikulierten und sprachen aufgeregt durcheinander. Denn sie hatten zwei Stunden regungslos gehorcht, abwechselnd auf den ungefügen Apparat gestiert, der in der Mitte des Hörsaales stand, und auf den kleinen Mann, der leichenblaß auf einem Stühlchen saß und mit leiser Stimme Erläuterungen gab ...

Der deutsche Professor Gottlieb Friedrich Waltzemüller hatte den Zeitsparer erfunden.

1916 A.E.
P_t
t
E
$\rightarrow P_t = P_E \rightarrow$
1h
P_E
$a = \Delta v / \Delta t$
t
Zeitsparer
Prototype A91x
→ ΣK
t
€
↳ E
↳ t = Zeit = €
Σt = Σ €
∞t = ∞€
E → t
→ sec
→ min
→ h
→ d
t = Σ
=
1h 1h 1h
$F_x = \frac{v}{e}$
1h 1h 1h
1h
100
Prof. G.F. Waltzemüller
= ZEITWURST →
€
t

18 Der Apparat hob die Zeit auf. Er war gar nicht so kompliziert, und wenn Sie Ihrerseits aufs Patentamt gehen, werden Sie sehen, daß ich recht habe: denn da bekommen Sie die Erklärung zu dem Ding, das aussah, - damals, heute sind sie ja anders, - wie ein zugedecktes Bett aus Stahl. Man legte sich hinein, und was man da an Zeit ersparte - denn drinnen liefen ja die Uhren nicht, nicht die elektrischen und nicht die Sanduhren, - das konnte man beliebig irgendwo in seinem Leben wieder ankleben und einfügen, - wo man es gerade brauchte ...

Das gab einen Hallo! Mit dem Herumtrödeln auf der Erde war es auf einmal vorbei. Niemand hatte mehr Zeit zu verlieren. Die Redensart: »Ich habe keine Zeit« wurde Formel für den Offenbarungseid, - und es war ganz erstaunlich, wie sich die Menschen beeilten, um mit den nötigsten Obliegenheiten fertig zu werden. Sie sparten! Keiner tat noch etwas anderes, als im Eiltempo die wenige Nahrung zu sich zu nehmen und sich dann befriedigt in den Apparat zu packen. Da drinnen sparte er nun Zeit und legte sie auf die hohe Kante. Wer ging noch spazieren? Wer hatte noch Augen zu sehen, was auf der Welt vor sich ging? Sie lasen nicht, sie liebten nicht, sie freuten sich nicht mehr - sie sparten.

22 Carnegie hatte zu allem Zeit. Er aaste geradezu mit der Zeit, als ob er sie später nicht noch einmal brauchen könnte. Aber dafür war vorgesorgt: er kaufte Zeit auf. Und tausend arme Teufel legten sich krumm, damit der kleine weißhaarige Herr sich so recht gemütlich eine Birne schälen oder gar ein Stückchen zu Fuß gehen konnte.

24 Es gab eine Zeitbörse. Da wurde die Zeit gehandelt, - und weil sie sehr gut bezahlt wurde, so legten sich ganze Dörfer industriemäßig in den Kasten aus Stahl, sparten und verkauften meistbietend. Darauf fielen die Preise - aber durch einen Trust gelang es, eine kräftige Hausse zu erzielen.

PARSTEIN
TRAUMC
AFSTADT

– … Einmal gab es einen Corner: Mister Woolf aus New York, der infolge eines tödlich verlaufenen Unterhaltungsromans einen schrecklichen Tod gefunden hatte, lebte wieder auf, weil er fühlte, daß hier ein Geschäft zu machen sei, kaufte auf, – ich glaube, er hat damals im ganzen zirka 70000 Jahre gehabt – wurde eingekreist und mußte losschlagen. Man konnte darauf den Tag schon für 5 Cents haben, und die Leute bummelten, daß es eine Schande war. Die Theater machten weit auf, ganz reiche Herrschaften begannen Fußball zu spielen, und man sah bereits wieder Angehörige des mittleren Bürgerstandes, die im Schein der untergehenden Sonne lässig vor der Schwelle ihres Häuschens stehend träumerisch in der Nase bohrten … Aber das ging vorüber: der Monat Zeit kostete wieder seine achtzig Dollar, und alles war wie früher.

So lagen die Dinge, als sich eine seltsame Nachricht auf der Erde verbreitete. Bei München, hieß es, lebe ein Mann, der spare überhaupt keine Zeit! Hat man je so etwas gehört ... Er sei Menschendoktor und heiße Bruck. Dr. Bruck ... Einige reiche Leute – denn die andern hatten ja keine Zeit – machten sich auf, diesen Unmenschen zu sehen. Wahrhaftig: als sie sich dem kleinen Anwesen näherten, rauchte da ein Mann mit einem Spitzbart eine Pfeife, eine lange Pfeife, und auf dem Porzellankopf – das sah man deutlich – war ein buntes Blumengewinde gemalt, mit Engeln, die die Girlandenenden angepackt hielten ... Der Mann paffte behaglich und stieß die Rauchwölkchen in die warme Sommerluft, in der sie, hellblauen Gazeschleiern vergleichbar, langsam nach oben entschwebten ... Und dieser Mensch verfolgte ihren Aufstieg zufrieden, und wenn eins verflogen war, schickte er ein anderes nach und mochte sich so an diesem Wolkenspiel schon eine ganze Weile erfreut haben. Und nicht genug damit: er zündete sich die Pfeife, als sie ausging und nicht gleich brennen wollte, dreimal hintereinander an. Da brannte sie. Ja, war er denn toll ...? Es schien so.

Denn als der reiche münchner Engrosschlächter Mauermeier sich dem Manne eilig prustend, um nicht zu viel Zeit zu verlieren, in das Gesichtsfeld schob, da sagte der: »Grüß Gott!« sagte er und dann mummelte er so recht behaglich an seiner glimmenden Pfeife. Und ehe der Mauermeier sich noch recht erholt hatte, fuhr der Doktor fort: »Ja, wollen wir nicht ein kleines Spaziergängchen machen? – Da seht doch nur, wie hübsch grün schon das wellige Gras ist, über das der Wind läuft, und da drüben die Höhen, auf die ich jetzt zuschreiten will, sind schon durchsichtig bläulich, und das ist ein gutes Zeichen fürs Wetter.«

Da nahm sich der Mauermeier die Zeit - denn er hatte es dazu und konnte es sich leisten, Gott sei Dank! -, da nahm er sich die Zeit, ganz schnell einmal zu sagen: »Einsperren sollt man Eahna, Heer Nachbar, z'wegen Verschwendung!« - Und schob eilig laufend, in der Richtung zum Bahnhof, ab, um den Zug nach München nicht zu verpassen, damit er gleich wieder weiter sparen könne ...

Der Doktor aber stand fröhlich lächelnd auf, ergriff das Stöckchen, das ihn auf allen Wegen begleitete, und durchschritt den sauberen, stillen Ort, darinnen er wohnte, besah sich voll guten Mutes die breiten Straßen und die niedrigen Häuser und das achteckige Türmchen auf dem Wirtshaus.

34 Da oben, in dem achteckigen Zimmerchen, mit der Aussicht auf das Dorf und die Berge, habe eine verrückte Gräfin gewohnt, raunten die Leute, und wenn die Nebelschwaden dicht durch die regenschwere Luft zogen, dann schoben sie sich wohl an den acht Fensterchen vorbei, der Ofen knasterte, und eine weißhaarige Dame kroch murmelnd die gewundene Treppe herauf, um hier ein verlorenes Leben zu beschließen ... Das überdachte der Doktor, und dann guckte er, ob das Krankenhaus noch an seinem Platz sei, und sah nach der Post, vor der eine alte Rumpelchaise ohne die Gäule aufgestellt war, und nach dem Rathaus, - und stand schließlich nicht ab, unterwegens im besten Schmauchen ein kleines Poem zu verfertigen, indem alles darinnen stand: Wie schön doch das bißchen Leben sei, und wie man nur einmal auf die Welt gesetzt werde, und wie er für seine Person auf alle Mauermeiers und Zeitsparer pfeife ...

Walter Jarotschiner, die illegitime Amme der Rechtsbeflissenen, die an den Brüsten der alma mater vorschriftsmäßig zu saugen hatten, der juristische Repetitor Walter Jarotschiner rutschte mit einem matten Seufzer ins Bett; seine pinselblonden Haare, die im Kranze die ehrfurchtgebietende Tonsur umstanden, bauschten sich. Der Dienstag war ein böser Tag: neun Stunden saß Rabbi Ben Jarotschiner im Kreise seiner Schüler und lehrte: von den Verhältnissen der Germanen und den Schuldverhältnissen insbesondere und von den Geschäftsbüchern der römischen Familienväter und von den Käufen nach, auf und zur Probe …

40 Und sein Mund troff von Weisheiten, und seine irrenden Äuglein sahen alles andere als die aufhorchenden Jünglinge: die waren seit Generationen an ihm vorbeigezogen, und er glaubte nicht mehr daran, daß jeder von ihnen einen eigenen Namen besäße, - er hatte ein eigenes topographisches System erfunden, um sie zu bezeichnen: da gab es einen »Tür-Präsidenten« und einen »Umgedrehten« und einen »Nebenmann« und einen »Blätterer« -, das paßte auf alle und ließ außerdem eine objektive Distanz des Lehrenden zu den Hörern erkennen ...

A
B
1
2
1
0

42 Jarotschiner kuschelte zusammengesunken im Bett. Der zu schwere, birnenförmige Kopf war wie immer nach vorn gekippt, und nur der Bauch lag ruhig und ein bißchen gebläht da, still bewegt von dem taktmäßigen Atmen des Einschlafenden ...

Öffnete sich die Tür? - Sie öffnete sich. Und herein trat - mein Gott! - welch ein Wesen! - Es war grau, unscheinbar, ein Mann offenbar, wie? und statt der Hände und Arme wie wir, die »normalen Durchschnittsmenschen« sie haben, trug es längliche Klumpen, Keulen, schien es, und auch sie grau, glibberig, durchscheinend wie eine Kinovision ... Jarotschiner unterschied deutlich dahinter die Wand, ein Stückchen gemusterte Tapete und das Bild des Rechtsgelehrten Kohler, der aufgerichtet und würdig in einem Rahmen stand, Professor, Dichter und Musiker, der er war ...

Der Jugendbildner rührte sich nicht. Das Phantom, denn was anders konnte es sein? - das Phantom klappte ein paar Mal die gewaltigen Kiefern probeweise auf, zu, auf ... und begann zu sprechen; flüsternd, heiser, aber man konnte jedes verdammte Wort hören:

»Oh, Walter Jarotschiner! - Du überhäufst mich mit Schande! - oder besser: Du behaftest mich in solchem Maße damit, daß ich nicht umhin kann, mich an dir zu rächen.«

Hatte die trockene Stimme aufgehört zu knarren? Der im Bett wurde völlig wach. Sein Denken glitschte aus. Wer war das? War es eine Inkarnation seiner verpfuschten Latein-Extemporalia der Schulzeit? - Es sprach so. Himmlischer ...

»Gibt es denn noch ein Verbrechen«, redete das Ding weiter, »das du mir nicht schon angedichtet hast? - Du hast mich geschaffen, hast mich aus dem Nichts geholt - aahaach! hättest du mich doch darinnen belassen!« - Setzte sich auf des Bettes Rand und weinte bittere Tränen. Jarotschiner staunte: gefährlich war es anscheinend nicht, das leuchtete ein. Aber wer war das, und was in aller Welt mochte es wollen? - Es schluchzte noch immer, seine Nase war voll, es rutschte mit dem Ärmel darüber hin ...

»Ich - e-ä-iche ... Mit wem habe ich das Vergnügen?« fragte Herr Jarotschiner.

Das Ding fuhr auf. Donnernd: »Ich bin das Paradigma, an dem du deine scheußliche Wissenschaft übst, ich bin das wehrlose Opfer all deiner bubenhaften Schüler, schülerhaften Buben ... Buben ... Schüler ... ich bin geschändet! denn es gibt nichts, aber auch nichts, was ich noch nicht begangen hätte: vom einfachen Rechtsgeschäft mit obligater Schieberei bis zur Majestätsbeleidigung! Du hast mich auf deinem sonst so blonden Gewissen!! Erkenne mich: ich heiße und bin PETER PANTER!« –

In der Tat. Daran hatte er nicht gedacht. Er, Jarotschiner, hatte diesem Unding das Leben gegeben – er hatte es wirklich erschaffen, aus dem Nichts, wie es sich richtig ausgedrückt hatte, er hatte es abgerichtet, alle nur denkbaren Verbrechen zu begehen, damit seine Schüler daran lernten, es war gewissermaßen sein kriminalistisches Versuchskaninchen gewesen ... und nun stand es da und hielt Abrechnung ...

Weltsicht
Peter Panter
Libelle
alter
Gregor Samsa
Käfer, orange

50 »Du schufest mich als einen armen Wandersmann, der ehrsam mit Waren, - mit welchen, sagtest du nie, - handeln ging, und so ließ es sich eine Weile auch ganz schön an. Aber wie durftest du es dir in den Sinn kommen lassen, mich zu den fürchterlichsten Verbrechen anzustacheln, die du ersinnen konntest?! - Ich raubte, ich mußte mich auf dein Geheiß an fremden beweglichen Sachen bereichern in der Absicht, mir dieselben rechtswidrig zuzueignen, ich mußte in das befriedete Besitztum eines andern widerrechtlich eindringen, ich mußte durch Drohungen mit gegenwärtiger Gefahr für Leib und Leben Frauenspersonen zur Duldung des außerehelichen Beischlafs nötigen; übel nachreden mußte ich und Münzen verringern und viele Totschläge mit der Sorgfalt eines ordentlichen Hausvaters und unter mildernden Umständen begehen ...«

Da war nichts zu machen. Jedes Wort eine Anklage, jedes Wort eine Wahrheit, jedes Wort eine Verurteilung. Aber wie sollte man es den jungen Herren beibringen, die die ganze Schönheit der Vorschriften über den Rücktritt vom Versuch theoretisch zu begreifen nicht imstande waren? Ein Hülfsmittel, nicht wahr, eine harmlose Eselsbrücke, sozusagen ... Kinder werden nicht immer um ihrer selbst willen gezeugt ... Wenn der jetzt böse wurde - Jarotschiner versuchte, mit seinem ledernen Herzen ein bißchen schneller zu klopfen ...

Willkommen in der Theorie
Wiedersehen der Praxis

Aber siehe: Peter Panter weinte ... Er weinte, unter vielem Blasen und Ziehen, so wie die gewöhnlichen Leute ihrem inneren Schmerze Ausdruck zu verleihen pflegen. Ein Taschentuch hatte er auch nicht ...

»Ich bin erledigt, ich, Peter Panter; nirgends kann ich mich mehr blicken lassen! Niemand achtet mich mehr. Nicht der Hochstapler Othmar Gubatta, dem ich die goldene Uhr seines verstorbenen Vaters unter Vorspiegelung falscher Tatsachen – aber auf dein Geheiß, Jarotschiner! – aus der Tasche holen mußte, nicht die Prostituierte Berta Stocklossa, der ich ihren bewegten Lebenswandel vorhielt, tückisch darauf bauend, nachher einen Wahrheitsbeweis erbringen zu können; nicht der Feldwebel Senf und die Oberin Trinius und Herr Puschnus und Frau Tumuscheit und nicht Direktor Sporckhorst und nicht der Kriminalschutzmann August Seegebarth ... Sie alle speien nunmehr auf Peter Pantern ... chp! ... chp! ... «

Und nun weinte er so schaudervoll, daß es dem Jarotschiner das Herz zerschnitt. Er wollte ihn aufrichten, trösten – zu spät!

Herr Panter war auf das Fenster zugewankt, hatte es geöffnet und kullerte sich sanft heraus, ein müdes Lebewohl seinem Schöpfer und Mörder zuhauchend ...

Jarotschiner auf - und an das Fenster. Er beugte sich weit hinaus, die kühle Nachtluft strich ihm traditionell um die heißen Schläfen. Nichts. Der Hof war leer. Oben auf dem Dach maute ein Kater, er stand im Vollmond, sein emporgereckter Schwanz verdeckte das Mare procellarum, eine wenig gebirgige Stelle des Erdtrabanten ...

Sein schönstes Paradigma! Sein eines, einziges, allereinzigstes Paradigma! Sein Herz hämmerte: Wie sollte er morgen die atmende Gemeine lehren, wenn jener fehlte? Wie den jungen Herren beibringen, daß das Standesamtsregister und das Grundbuch nicht ganz dasselbe sei?

Diese Nacht schlief Walter Jarotschiner nicht.

Aber am Morgen – es mochte auf ein Viertel sieben gehen, und draußen begann es schon zu grauen und zu blauen, – erschuf er:

THEOBALD TIGER.

VON DEM MANNE, DER KEINE ZEITUNGEN MEHR LAS

Andreas Grillruhm, ein reputierlicher junger Mann von behaglichem Äußeren, war lesender Abonnent dieser Blätter: »Das tägliche Morgengebet«. - »Der Händehoch«. - »Allgemeiner Hinkender Politischer Bote für die Umgegend«. - »Die Türklinke. Organ für die Interessenvertretung der Türklinkenfabrikanten«. - Morgens, mit der Rechten die Lasche des linken Zugstiefels emporzerrend, mit der Linken auf dem Tisch das »Tägliche Morgengebet« ausbreitend, ließ er gierig alle Nachrichten in sich hinunterlaufen, die eine betriebsame Zeitung ihren Abonnenten zu vermelden hat: er las von den Auseinandersetzungen über die Schul- und Kirchenfrage in Budapest - er war nie in Budapest gewesen, kannte keinen Ungarn, auch ging ihn dieses Land nicht im geringsten an, - er las von der Weigerung des amerikanischen Leutnants Murphy, den Union-Jack an der Küste von Guatemala niederholen zu lassen, und er las vom dritten Friedensvertragsentwurf auf dem Balkan.

KAUFEN SIE JETZT!
Tiger sagt: alles anders
Das Wetter
Bankraub
Anzeige
KINO
Medienabhängigkeit nimmt zu

Die Rechte ließ die Lasche los, der Stiefel saß. Auf dem rechten Stiefel folgte ein fesselnder Aufsatz des nationalliberalen Abgeordneten Mümmelmann über die Zukunft dieser Partei und eine kleine Plauderei über das Teppichklopfen. Die Krawatte machte die Sache schon schwieriger: aber bei einiger Übung konnte man ihre Bindung ganz gut im Spiegel mit dem einen Auge kontrollieren, während das andere wachsam den siegreichen Jüanschikai verfolgte und zugleich einen Streik in Spanien, den Einsturz eines Irrenhauses in Timbuktu und das fünfundzwanzigste Auftreten der Hofopernsängerin Metzger-Heink-Lattermann-Schumann-Ungibauer mit Befriedigung konstatierte.

Es folgte eine hellbraune schülprige Flüssigkeit, die man als Kaffee anzusehen hatte, und ein Chor aufgeregter Stimmen umbrauste den Jüngling: war es nicht wissenswert, die näheren Einzelheiten der präsumptiven Geburt des Thronfolgers zu erfahren? Und wie das noch werden sollte, wenn der Unmut der russischen Diplomatie über die französische, gemischt mit einer gewissen Entfremdung der Portugiesen und Dänen weiterhin anhielt, - das mochte der Teufel wissen. Ganz zu schweigen von den drei Raubmorden, dem Massenunglücksfall, den einzelnen Unglücksfällen, dem sportlichen Teil und der Plauderei über das Teppichklopfen, die man schon einmal gelesen hatte. Die Familiennachrichten kamen in der Fahrt zur Fabrik - einer Türklinkenfabrik, wie man bemerkt haben wird - an die Reihe und wollten gleichfalls bewältigt sein.

Kurz: ein aufgeregter Morgen.

1-2-3

68 Aber was geschieht? Dem Grillruhm brennt seine Türklinkenfabrik herunter. Ihm - ist eigentlich nicht richtig gesagt, seiner Versicherungsgesellschaft herunter.

DIE GUTE KLINKE
Fa. GRILLRUHM

Das »Tägliche Morgengebet« brachte eine detaillierte Schilderung des Brandes mit vierzehn Zeilen Impression. Der »Allgemeine Hinkende Politische Bote für die Umgegend« beschuldigte bei dieser Gelegenheit die herrschende politische Partei im Lande (war es die Linke? ich glaube, es war die Linke), daß nur unter ihrer Führung die Feuerwehren ... und so. Der »Händehoch« hatte gleich angeklingelt: er möchte bei dieser Gelegenheit nicht versäumen, seine Teilnahme auszusprechen, Teilnahme auszusprechen ... eh – und anzufragen, ob es vielleicht Herrn Andreas Grillruhm sehr erwünscht wäre, wenn bei Gelegenheit der Aktualität seiner Person eine etwas genauere Darstellung seiner kaufmännischen Laufbahn ... Grillruhm inserierte. – Das Blatt druckte daraufhin die morgengebetliche Schilderung ab, und die Sache war beigelegt. Was »Die Türklinke« anbetraf, so wußte dieses Organ, was es seinen beiden Abonnenten schuldete, umso mehr, als der eine tot war ... Schön.

e gute Klinke in 1 Jahr
NIEDER MIT DER GUTEN KLINKE!

Aber gab es da nicht noch ein Blatt, ein pfui! ein Blatt, dessen man sich zu schämen hatte? Allerdings. Es war dies »Die Arbeiterfahne«, ein durchaus oppositionelles Papier, das bei keiner Gelegenheit außer acht ließ, die Autorität der herrschenden Kaste insofern als etwas Verdammenswertes hinzustellen, als blutiger Arbeiterschweiß doch nicht der geeignete Boden sei, auf dem die edle Blume der höheren Menschlichkeit erblühen könne … Diese Zeitung unterschlug ihren Lesern den Grillruhmschen Fabrikbrand.

Grillruhm meditierte: Da die Angehörigen der arbeitenden Klassen nur ein einziges Blatt zu lesen pflegten, ihnen dieses Blatt aber den Feuerbrand nicht mitgeteilt hatte, so wußten auch die Angehörigen der arbeitenden Klassen nichts davon. Anzunehmen war aber, daß viele Angehörige der arbeitenden Klassen die Grillruhmsche Türklinkenfabrik dem Renommee oder dem Ansehen nach kannten. Sie wußten also von ihrer Existenz. Da ihnen nun niemand das plötzliche Aufhören dieser Existenz vermeldet hatte, so bestand doch die Fabrik – in der Vorstellung der Angehörigen der arbeitenden Klassen – ruhig weiter. Die Fabrik war mithin nicht abgebrannt.

DIE HÖLLENKLINKE

74 Sie war aber doch abgebrannt.

76 Grillruhm (Andreas) hatte keine ruhige Stunde mehr. Was war das mit den Zeitungen? Er begann sich mit dieser Institution näher zu befassen. Er betrachtete liebevoll Einzelheiten. Er guckte schärfer hin und sah, was er früher nie bemerkt hatte.

Dagegen
DAGEGEN!
CONTRA
UND HELFER

Er stellte fest, daß sich die Zeitungen geheimnisvoller Einrichtungen bedienen müßten, wiederum Zeitungen, die nur von Zeitungen gelesen wurden, also Oberzeitungen, - denn wenn ein findiger Kopf herausgefunden hatte, daß unser Publikum eine gewisse Kinomüdigkeit befallen habe, und hinzugefügt hatte, daß trotzdem die Hydra des Kino überall ihr Haupt erhebe, so konnte man darauf wetten, daß man gleichmäßig im »Morgengebet«, im »Hinkenden Politischen Boten« und beim Aufrollen der »Arbeiterfahne«, der von Bildung zeugenden Bemerkung mit der Hydra begegnen würde. Und so war es oft: glaubte man, daß dem Reporter an dieser Stelle sein Beruf solche Freude gemacht habe, daß er in überströmendem Gefühl seiner Schreibkunst das Großherzogliche Hofopernhaus einen Thespiskarren nannte, so mußte man mit Betrübnis wahrnehmen, daß alle Zeitungen in der Runde den Karren aufwiesen, und daß es mit dem Impromptu wieder einmal nichts gewesen war ...

Grillruhm meditierte weiter. Er begann allmählich die Nachrichten, mit denen man ihn täglich zweimal überschüttete, auf sich zu beziehen. Er fing an sich gelassen zu fragen, was ihm ein Stückchen abgehackte Notiz über die politischen Verhältnisse in Liberia nützen könne. Eine Notiz, die vermutlich wegen der hohen Kabelpreise da aufhörte, wo man seinen Wissensdurst erregt hatte. »Der Präsident ist nach der Hauptstadt abgefahren.« Nun – und was weiter? Ist er angekommen? Wird es ihm gelingen, die Rebellen zur Vernunft zu bringen? Kein Wort. Am nächsten Tag, am übernächsten Tag – kein Wort. Und so ging es so häufig ... Eine aufsehenerregende Erfindung wurde bekannt gegeben. In Le Havre habe der italienische Ingenieur Ulivi an Bord der Jacht »Henriette« Versuche mit radioballistischen Apparaten angestellt, mit denen er imstande sein wolle, auf dem Lande und unter Wasser auf große Entfernungen Metalladern zu entdecken, die er sogar nach Mächtigkeit und Art bestimmen könne ... Paulus Grillruhm hätte früher offenen Mundes gläubig gehorcht: Saulus Grillruhm lächelte schmerzlich und voller Erfahrung; denn er wußte, daß er nie wieder etwas davon zu hören bekommen würde.

Fe
Fe
Fe

Die Zeitungen beunruhigten ihn. Er hatte schreckliche Träume. Einmal sah er sich oben an der Decke seines Zimmers hocken, das angefüllt war mit Zeitungen, er saß auf einem riesigen Stoß »Täglicher Morgengebete«, ließ die Beine baumeln und war verurteilt, eine Sonntagsnummer dieses Blattes auswendig zu lernen ... oder es kam ihm in schlaflosen Nächten der Gedanke, ob nicht eigentlich die Ereignisse ihrerseits verpflichtet wären, sich nach der Zeitung zu richten. Denn jede baute schließlich ihre eigene Welt. Und das wäre ja noch angegangen, wenn diese Welt der Anschauung der Leser entsprochen hätte. Aber keineswegs: sie war feierlicher, abstrakter, und während die einen das Theater und andere zionistische Fragen in den Vordergrund ihres Weltbildes stellten, sorgten sich wieder andere um die Konstellationen am politischen Horizont (wie sie den nationalliberalen Stammtisch in Jägers Lokal zu nennen pflegten). Grillruhm fühlte, daß das nicht mehr so weiter ginge. Er mußte jeden Tag ein Buch von zirka 200 Seiten und mehr durchfliegen - Himmelherrgott! man war doch schließlich kein Literat! -

Grillruhm bestellte seine Zeitungen ab.

Von da an wurde es stille und ruhig um A.G. Er hörte wohl noch ab und zu, daß jetzt wieder ein schreckliches Eisenbahnunglück in Jütland sich zugetragen habe, und daß in Cincinnati die reiche Frau des Mister E. H. Crocker sich scheiden lassen wolle, weil man ihr nicht die dreihundert Hüte jährlich bewilligte, die sie nötig zu haben meinte, um überhaupt atmen zu können. Auch erzählte ihm vielleicht einer seiner Bekannten, der noch ein Zeitungsabonnement und einen weiteren Gesichtskreis hatte, etwas von den Kongressen, auf denen alljährlich mit zwei Drittel Majorität beschlossen wird, daß der Mensch von nun ab keine unsterbliche Seele mehr aufzuweisen habe ... In diesen Beziehungen war Grillruhm auf seine fleißig lesenden Bekannten angewiesen.

Aber dafür hatte der Grillruhm einen riesigen Vorteil. Morgens, wenn die Sonne so recht butterweich ins Fenster schien, war es nun still um ihn. Sehr ruhig, ganz ruhig. Früher hatte es gebrüllt: 400 Verletzte! Neu-Einstudierung von Wielands »Oberon«!! Zu der Frage über die elektrischen Bahnen unserer Stadt wird uns noch geschrieben ...

Jetzt nichts mehr von alledem. Grillruhm sah zum Fenster heraus, betrachtete die Vögel auf der stillen Straße, beobachtete, wie die Morgensonne in hellgrünen Baumblättchen glitzerte, und ließ sich den frischen Morgenwind um die Nase wehen. Die Stadt erwachte, der Himmel war zart pastellblau, die Luft frisch. Der Grillruhm freute sich dessen, und viele gute Gedanken kamen ihm nun, da er erlöst war.

Kurz: ein ruhiger Morgen.

Einmal hat er aber doch noch Zeitungen gelesen. Das war damals, als er tot war.

Man hatte den verstorbenen Grillruhm aufgebahrt, wie es sich ziemte, und da lag er nun ... Aber er hatte keine Ruhe. Denn noch wußte er nicht, ob er auch wahrhaftig tot sei. Dazu gehörte als Hauptmerkmal, daß die Presse seinen Tod anerkannte, ihn erst zu einem legitimen Tod machte ... Hatte sie ... ? Der Selige erhob sich. Leise, um niemanden zu erschrecken. Es war immerhin zwölf Uhr nachts, nicht wahr? - Schlich an den sonst verwaisten Zeitungsständer. Da lagen die Blätter, neu angeschafft, denn dieser Grillruhm, der Sonderling, hatte ja keine Zeitungen gelesen ... Hastig raschelte er in den Papieren ... »Tägliches Morgengebet« ... »Händehoch« ... »Die Arbeiterfahne« ... »Hinkender Bote« ...

Gottseidank! - Alle vier! -

Der Klinkenverein
A.G.
-RIP-
AG
AG

Und die erschreckten Verwandten fanden den Seligen am nächsten Morgen daliegend, die schlummernden Augen auf ein zerknittertes Papier gerichtet, das die friedlich gefalteten Hände hielten. Auf dem stand:

Als Toter empfiehlt sich

A. GRILLRUHM
Nickelkulk 13

Unsere ff. vernickelten Türbeschläge sind nach wie vor erhältlich.

R. I. P.

Anzeige
„Meine Klinke öffnet Türen – ein Leben lang"
A. Grillnehm
DIE GUTE KLINKE
www.gute-klinke.de

IMPRESSUM

Die Texte von Kurt Tucholsky wurden erstmals 1914 unter dem Titel »Der Zeitsparer. Grotesken« zusammen mit der zusätzlichen Geschichte »Der Papagei« veröffentlicht. Im Buch werden die Rechtschreibung und die Interpunktion Kurt Tucholskys verwendet.

Konzeption, Illustration, Typografie und Buchgestaltung:
Franziska Walther, www.franziskawalther.de

Gedruckt auf einem 115 g/m² Munken Print White 1,8.
Gesetzt in der Typotheque Greta Text Narrow und der HVD Brandon Grotesque.

Druck und Bindung: E&B engelhardt und bauer,
Druck und Verlag GmbH, Karlsruhe

Printed in Germany
Erste Auflage 2013
ISBN 978-3-942795-09-8

www.kunstanstifter.de

Print CO2 kompensiert
Id-Nr. 1326746
www.bvdm-online.de

100%
Papier aus vorbildlich bewirtschafteten Wäldern
FSC® C105340
FSC
www.fsc.org